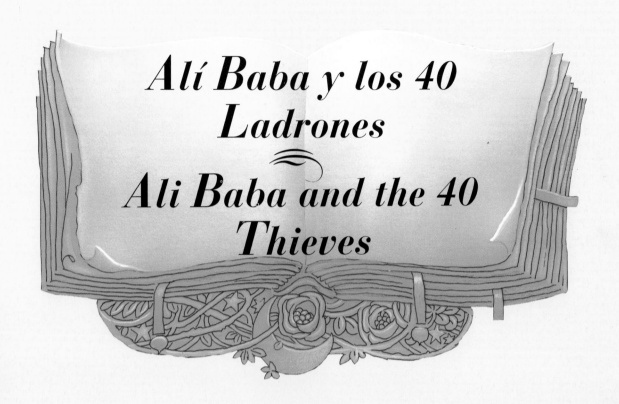

# Alí Baba y los 40 Ladrones

## Ali Baba and the 40 Thieves

**didaco**

Hace mucho tiempo, en una ciudad oriental vivían dos hermanos de origen humilde: Hassan y Alí Babá. Hassan se había casado con una mujer rica y se había convertido en propietario de un próspero negocio; Alí Babá, en cambio, vivía de los pequeños encargos que hacía para su hermano.

Un día, estando fuera de la ciudad, Alí Babá vio llegar a un grupo de 40 hombres. Asustado, se escondió detrás de unas rocas para observarles.

$O$nce upon a time, in a Middle Eastern town, lived two brothers of humble origin – Hassan and Ali Baba. Hassan had married a wealthy woman and had become the owner of a prosperous business. Ali Baba, in contrast, made a living by running errands for his brother.

One day, outside the town, Ali Baba saw a party of 40 men arrive. Frightened, he hid behind some rocks to observe them.

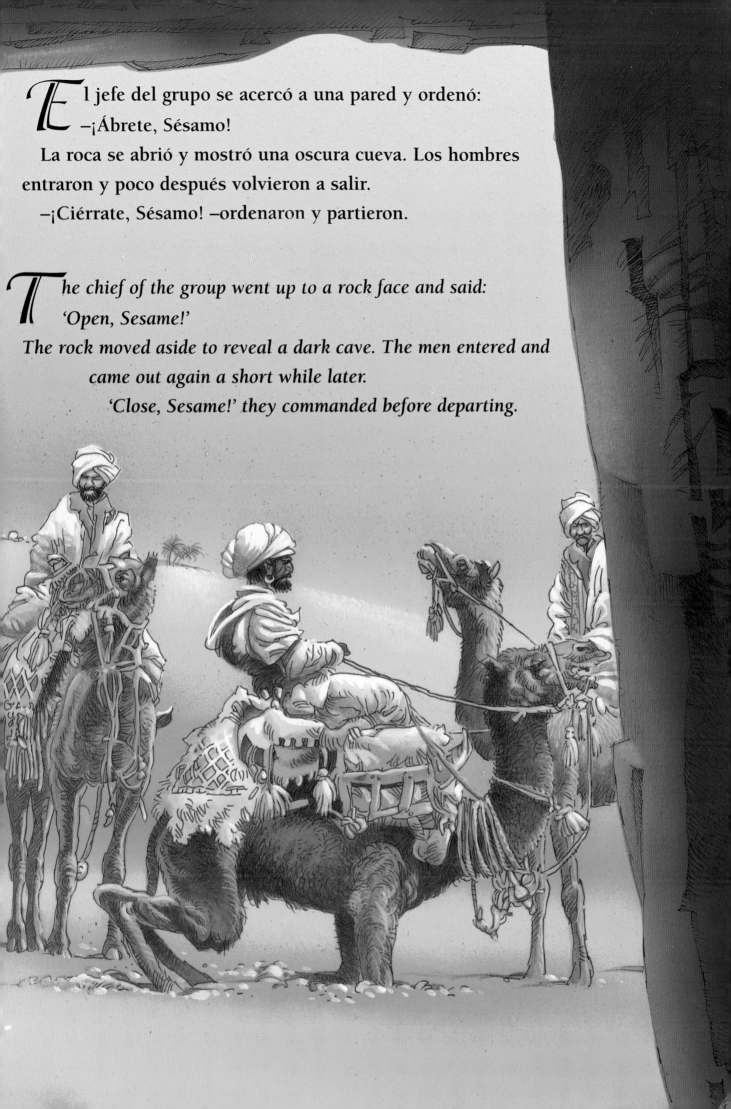

El jefe del grupo se acercó a una pared y ordenó:
–¡Ábrete, Sésamo!
La roca se abrió y mostró una oscura cueva. Los hombres entraron y poco después volvieron a salir.
–¡Ciérrate, Sésamo! –ordenaron y partieron.

The chief of the group went up to a rock face and said:
'Open, Sesame!'
The rock moved aside to reveal a dark cave. The men entered and came out again a short while later.
'Close, Sesame!' they commanded before departing.

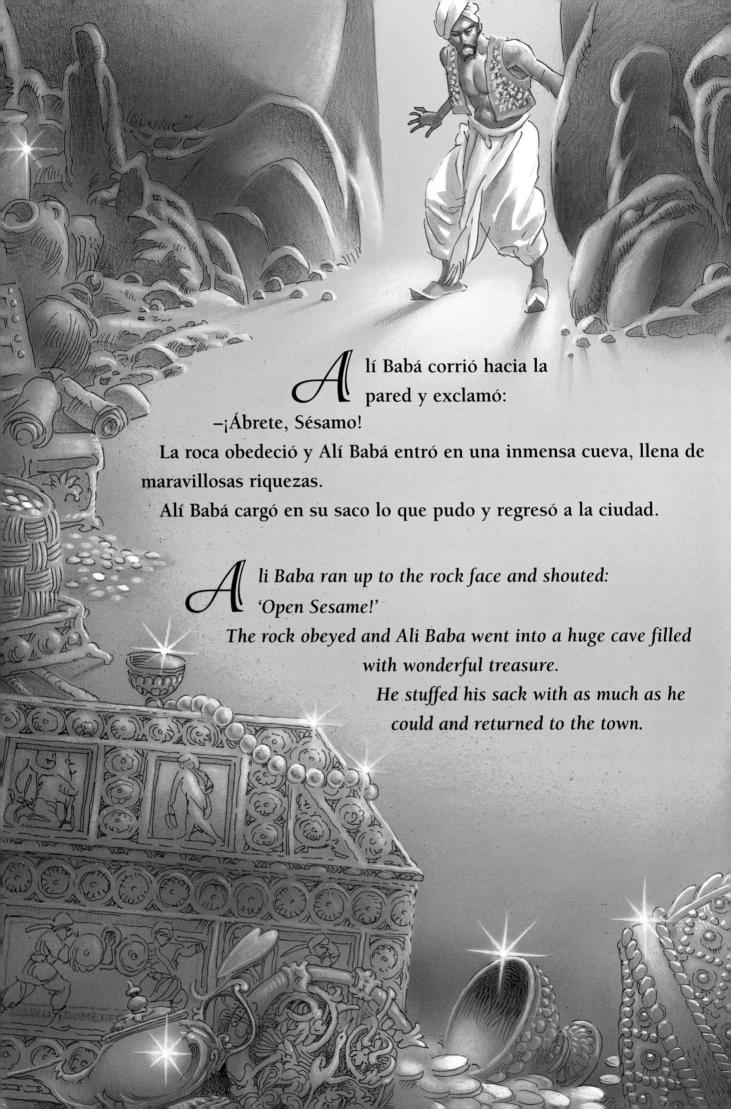

Alí Babá corrió hacia la pared y exclamó:

—¡Ábrete, Sésamo!

La roca obedeció y Alí Babá entró en una inmensa cueva, llena de maravillosas riquezas.

Alí Babá cargó en su saco lo que pudo y regresó a la ciudad.

Ali Baba ran up to the rock face and shouted: 'Open Sesame!'

The rock obeyed and Ali Baba went into a huge cave filled with wonderful treasure.

He stuffed his sack with as much as he could and returned to the town.

Ya en casa de su hermano,
Alí Babá le explicó lo que había visto y le hizo prometer que mantendría el
secreto.

–Explícame exactamente dónde está esa cueva y qué debe hacerse para entrar.
Quiero ir a verlo –dijo Hassan con insolencia.

Al día siguiente, Hassan cogió doce mulas y un montón de sacos vacíos y se
encaminó hacia la cueva.

On his return, Ali Baba told his brother what he had seen and made him promise that he would keep the secret.

'Tell me exactly where the cave is and what I must do to get in. I want to go and see it,' said Hassan, insolently.

The following day, Hassan took twelve mules and a pile of empty sacks and headed for the cave.

—¡Qué maravilla! —
exclamó, una vez en la
cueva. Empezó a llenar sus sacos, pero cuando quiso salir,
había olvidado las palabras mágicas.

Cuando los ladrones regresaron, lo apresaron y lo dejaron
atado en un rincón.

'Fantastic!' he exclaimed once he had entered the cave. He began to fill his sacks but, when he was about to leave, he realized he had forgotten the magic words.

When the thieves returned, they caught him and left him bound and gagged in a corner.

Al día siguiente, viendo que Hassan todavía no había vuelto, Alí Babá decidió ir a buscarle.

Ya en la cueva, liberó a su hermano y ambos volvieron a la ciudad, decididos a no regresar jamás allí.

*The following day, seeing that Hassan had not returned, Ali Baba went to look for him.*

*Once in the cave, he set his brother free and together they went back to the town, having resolved never to return to the cave.*

uando los ladrones volvieron a la cueva, vieron que
Hassan se había escapado.

El jefe envió a uno de ellos a la ciudad para que
intentara descubrir algo. Por desgracia, vio a la mujer de Hassan
luciendo una rara joya procedente de la cueva. La siguió hasta su casa, hizo una
señal en la puerta y salió de la ciudad.

hen the thieves returned to the cave, they saw that Hassan
had escaped.

The chief sent one of his men to the town to see what he could find out.
Unfortunately, he saw Hassan's wife wearing a rare jewel from the cave. He
followed her home, drew a sign over the door and left the town.

La sirvienta Nazerah vio al ladrón y avisó a Alí Babá. Juntos señalaron todas las puertas de la vecindad y los ladrones no supieron distinguir la casa de Hassan. Entonces, el jefe ideó un nuevo plan: iría a la ciudad vestido de mercader con 20 mulas y 40 tinajas. En una tinaja habría aceite, en las otras estarían los otros ladrones escondidos. Buscaría la casa de Hassan y pediría alojamiento.

Y así fue. El jefe reconoció fácilmente a Hassan, pero éste y Alí Babá no le reconocieron y le ofrecieron alojamiento.

The maid, Nazerah, saw the thief and warned Ali Baba. Together they drew signs over all the doors in the neighborhood so that the thieves could not tell which was Hassan's house. Then their chief thought up a plan – he would go into town dressed as a merchant and take with him 20 mules and 40 large earthen hars. One jar would contain oil, and the bandits would hide in the others. They would look for Hassan's house and ask for accommodation.

And, so it was. The chief easily recognized Hassan, but Hassan and Ali Baba did not recognize the bandit and they offered him accommodation.

Durante la cena, se terminó el aceite y Nazerah fue a coger un poco de las tinajas del mercader. Se dio cuenta de la trampa y avisó a Alí Babá. Hicieron hervir el aceite de la única tinaja llena y luego lo fueron vertiendo en las demás tinajas. Los ladrones se escaparon a toda prisa.

*D*uring dinner, the oil ran out and Nazerah went to fetch some from the merchant's jars. She realized it was a trap and warned Ali Baba. They boiled the oil from the only full jar and then poured the oil into all the others. The thieves leaped out and ran away as fast as they could.

El jefe de los ladrones intentó huir, pero la guardia del sultán lo apresó.

Hassan, para recompensar a su hermano y a Nazerah, les dio la mitad de sus riquezas. Algunos días después, se celebró la boda de Alí Babá y de la bella Nazerah.

The bandit chief tried to escape, but the Sultan's guard caught him.

As a reward, Hassan gave Ali Baba and Nazerah half of his wealth. A few days later, Ali Baba and the beautiful Nazerah were married.

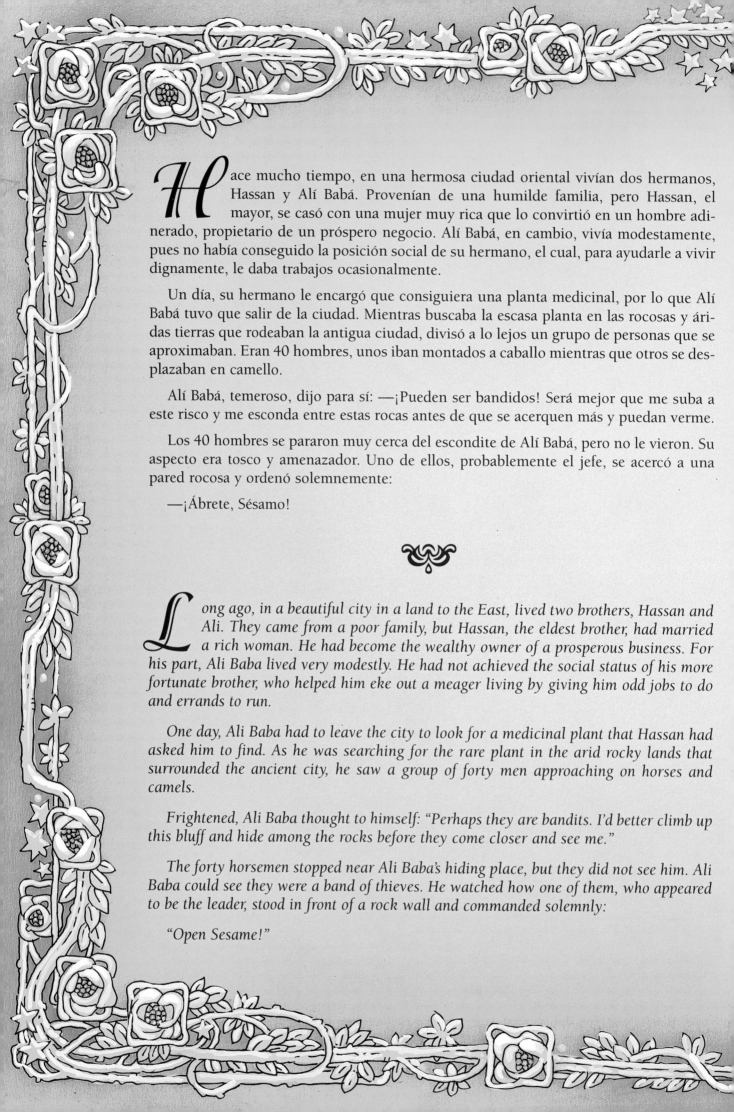

Hace mucho tiempo, en una hermosa ciudad oriental vivían dos hermanos, Hassan y Alí Babá. Provenían de una humilde familia, pero Hassan, el mayor, se casó con una mujer muy rica que lo convirtió en un hombre adinerado, propietario de un próspero negocio. Alí Babá, en cambio, vivía modestamente, pues no había conseguido la posición social de su hermano, el cual, para ayudarle a vivir dignamente, le daba trabajos ocasionalmente.

Un día, su hermano le encargó que consiguiera una planta medicinal, por lo que Alí Babá tuvo que salir de la ciudad. Mientras buscaba la escasa planta en las rocosas y áridas tierras que rodeaban la antigua ciudad, divisó a lo lejos un grupo de personas que se aproximaban. Eran 40 hombres, unos iban montados a caballo mientras que otros se desplazaban en camello.

Alí Babá, temeroso, dijo para sí: —¡Pueden ser bandidos! Será mejor que me suba a este risco y me esconda entre estas rocas antes de que se acerquen más y puedan verme.

Los 40 hombres se pararon muy cerca del escondite de Alí Babá, pero no le vieron. Su aspecto era tosco y amenazador. Uno de ellos, probablemente el jefe, se acercó a una pared rocosa y ordenó solemnemente:

—¡Ábrete, Sésamo!

Long ago, in a beautiful city in a land to the East, lived two brothers, Hassan and Ali. They came from a poor family, but Hassan, the eldest brother, had married a rich woman. He had become the wealthy owner of a prosperous business. For his part, Ali Baba lived very modestly. He had not achieved the social status of his more fortunate brother, who helped him eke out a meager living by giving him odd jobs to do and errands to run.

One day, Ali Baba had to leave the city to look for a medicinal plant that Hassan had asked him to find. As he was searching for the rare plant in the arid rocky lands that surrounded the ancient city, he saw a group of forty men approaching on horses and camels.

Frightened, Ali Baba thought to himself: "Perhaps they are bandits. I'd better climb up this bluff and hide among the rocks before they come closer and see me."

The forty horsemen stopped near Ali Baba's hiding place, but they did not see him. Ali Baba could see they were a band of thieves. He watched how one of them, who appeared to be the leader, stood in front of a rock wall and commanded solemnly:

"Open Sesame!"

Desde lo alto, Alí Babá contempló estupefacto cómo la roca se movía y mostraba la entrada de una cueva. A continuación todos los hombres penetraron en aquella oscura oquedad, dejando fuera los animales. Tan pronto hubieron desaparecido de la vista de nuestro observador, la monolítica puerta se cerró tras ellos retumbando en la inmensidad del lugar.

Al cabo de poco tiempo, Alí Babá observó cómo los hombres salieron de la cueva y en esta ocasión el jefe exclamó:

—¡Ciérrate, Sésamo!

Y la pétrea pared recuperó rápidamente su posición inicial. Sin abandonar su refugio, Alí Babá pudo observar cómo los 40 hombres montaban en sus animales y emprendían el regreso envueltos por una nube de polvo.

Cuando Alí Babá se recuperó de la enorme sorpresa, pensó: ¿Qué es semejante prodigio? Y sin pensarlo dos veces bajó del risco y se apresuró hacia la mágica pared. Permaneció unos segundos delante de ella, exclamando finalmente con decisión:

—¡Ábrete, Sésamo!

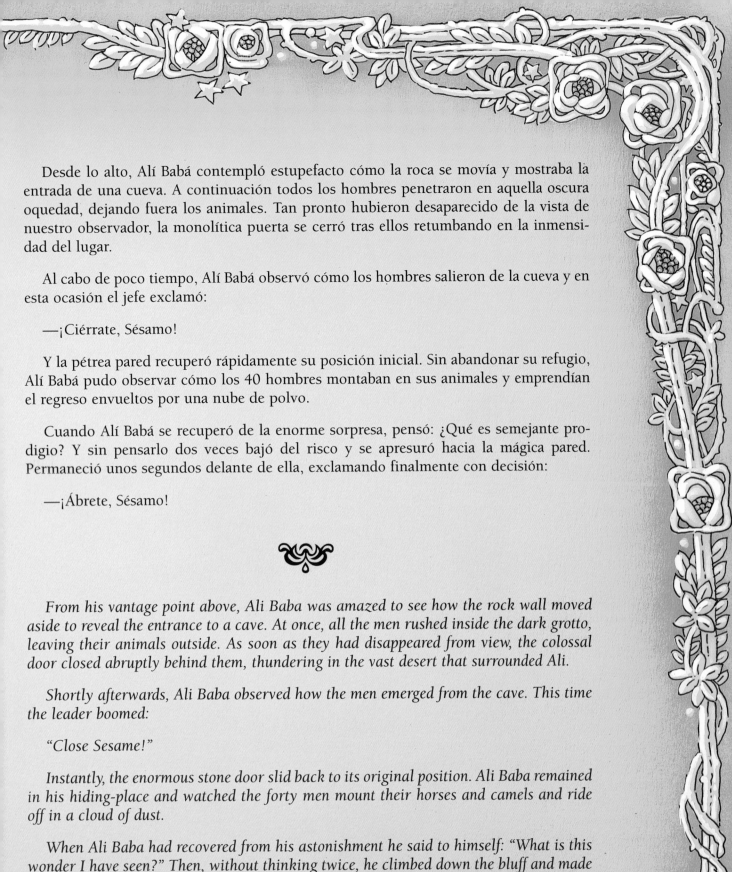

From his vantage point above, Ali Baba was amazed to see how the rock wall moved aside to reveal the entrance to a cave. At once, all the men rushed inside the dark grotto, leaving their animals outside. As soon as they had disappeared from view, the colossal door closed abruptly behind them, thundering in the vast desert that surrounded Ali.

Shortly afterwards, Ali Baba observed how the men emerged from the cave. This time the leader boomed:

"Close Sesame!"

Instantly, the enormous stone door slid back to its original position. Ali Baba remained in his hiding-place and watched the forty men mount their horses and camels and ride off in a cloud of dust.

When Ali Baba had recovered from his astonishment he said to himself: "What is this wonder I have seen?" Then, without thinking twice, he climbed down the bluff and made his way to the magic rock wall. He stood staring at it for a moment before finally commanding loudly:

"Open Sesame!"

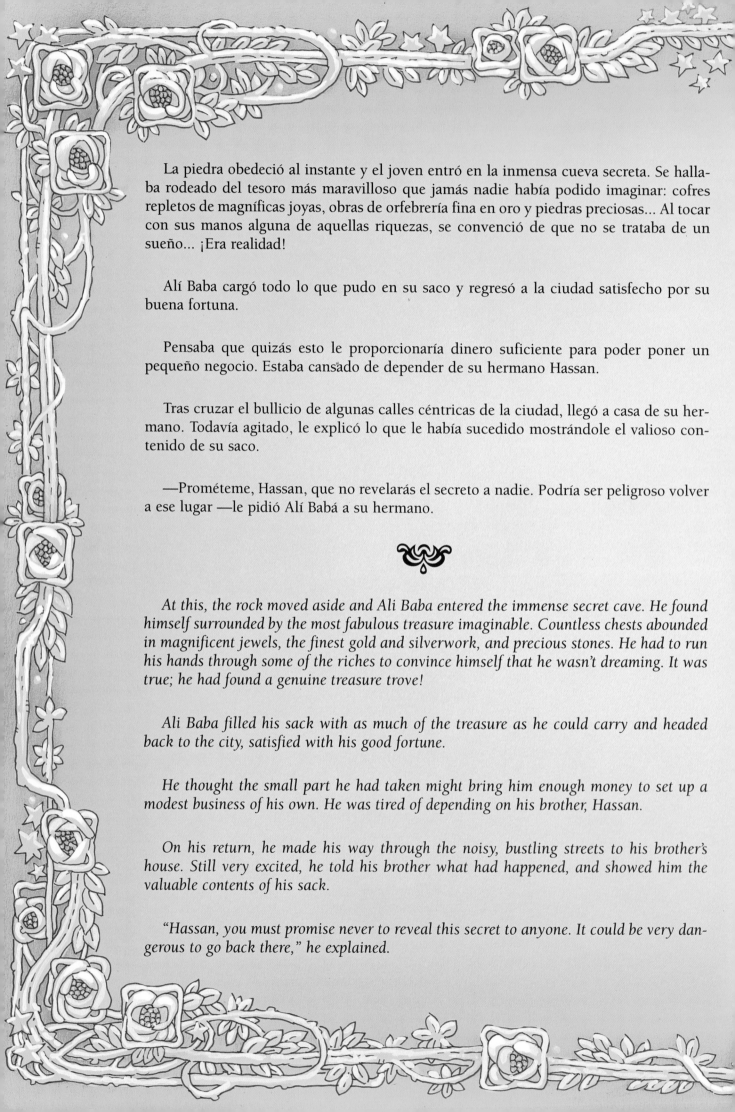

La piedra obedeció al instante y el joven entró en la inmensa cueva secreta. Se hallaba rodeado del tesoro más maravilloso que jamás nadie había podido imaginar: cofres repletos de magníficas joyas, obras de orfebrería fina en oro y piedras preciosas... Al tocar con sus manos alguna de aquellas riquezas, se convenció de que no se trataba de un sueño... ¡Era realidad!

Alí Babá cargó todo lo que pudo en su saco y regresó a la ciudad satisfecho por su buena fortuna.

Pensaba que quizás esto le proporcionaría dinero suficiente para poder poner un pequeño negocio. Estaba cansado de depender de su hermano Hassan.

Tras cruzar el bullicio de algunas calles céntricas de la ciudad, llegó a casa de su hermano. Todavía agitado, le explicó lo que le había sucedido mostrándole el valioso contenido de su saco.

—Prométeme, Hassan, que no revelarás el secreto a nadie. Podría ser peligroso volver a ese lugar —le pidió Alí Babá a su hermano.

*At this, the rock moved aside and Ali Baba entered the immense secret cave. He found himself surrounded by the most fabulous treasure imaginable. Countless chests abounded in magnificent jewels, the finest gold and silverwork, and precious stones. He had to run his hands through some of the riches to convince himself that he wasn't dreaming. It was true; he had found a genuine treasure trove!*

*Ali Baba filled his sack with as much of the treasure as he could carry and headed back to the city, satisfied with his good fortune.*

*He thought the small part he had taken might bring him enough money to set up a modest business of his own. He was tired of depending on his brother, Hassan.*

*On his return, he made his way through the noisy, bustling streets to his brother's house. Still very excited, he told his brother what had happened, and showed him the valuable contents of his sack.*

*"Hassan, you must promise never to reveal this secret to anyone. It could be very dangerous to go back there," he explained.*

—Espera un momento... ¡te lo prometo!... Pero al menos dime dónde está ese maravilloso lugar y cómo se puede entrar en la cueva mágica; me gustaría verlo con mis propios ojos —insistió Hassan.

Al día siguiente, Hassan, que era un hombre muy ambicioso, sin hacer caso de los consejos de su hermano, preparó doce mulas y cien sacos vacíos para dirigirse hacia el anhelado lugar.

Al llegar allí, siguió las explicaciones de Alí Babá:

—¡Ábrete, Sésamo! —gritó.

Al instante, la pesada pared de piedra obedeció su orden.

Al entrar en la cueva, casi no podía creer lo que veían sus ojos. Hassan se quedó extasiado al contemplar semejante tesoro. Mientras llenaba sus sacos con fervor, repetía como si estuviera hechizado:

—¡Esto es una maravilla! ¡Es extraordinario! ¡Es increíble!

*"I promise...but wait a minute. At least tell me where this amazing place is, and how to gain entry to the magic cave," asked Hassan. "I'd like to see it with my own eyes."*

*Being a greedy and ambitious man, Hassan paid no attention to his brother's warning. Early the next day he assembled a dozen mules and a hundred empty sacks and rode off, eager to find the enchanted cave.*

*When he arrived at the spot, he followed Ali Baba's instructions.*

*"Open Sesame!" he shouted.*

*Instantly, the massive rock wall obeyed his command.*

*Upon entering the huge cavern, he could hardly believe his eyes. Hassan was ecstatic to behold the untold riches there. While he feverishly filled his sacks he kept repeating, as if under a spell:*

*"This is wonderful, extraordinary, incredible."*

Una vez Hassan hubo cargado todo lo que sus sacos le permitieron, se dirigió a la salida impaciente por colocar la carga en sus mulas y poder regresar.

Pero... al intentar pronunciar las palabras mágicas, no logró recordarlas:

—¡Ábrase...! ¡Súbete...! ¡Levántate...! ¿Qué palabras eran?

Entre tanto, los 40 ladrones se dirigían veloces hacia su fortín para depositar más joyas robadas. Al llegar a la cueva y ver las mulas fuera, se extrañaron:

—¿Qué es esto? ¡Por Alá! ¡Sospecho que alguien conoce nuestro secreto! —dijo el jefe de los ladrones y a continuación pronunció las palabras mágicas.

La gran roca se movió y los ladrones se precipitaron al interior de la cueva.

—¡Maldito perro ladrón! ¡Te daremos tu merecido! —vociferó el jefe.

—¡Quien roba a un ladrón...! —intentó responder Hassan.

—¡Cállate! ¡Atadlo y amordazadlo! ¡Luego nos encargaremos de él! Venga. Tenemos trabajo. Descargad las joyas —dijo el jefe.

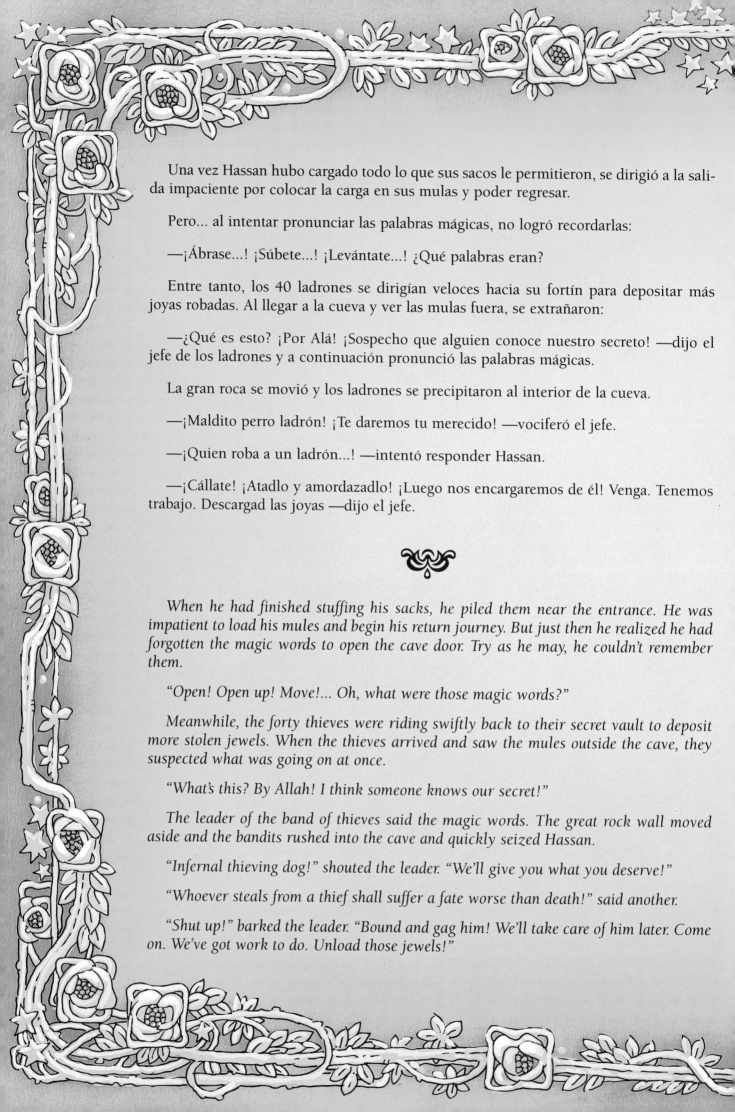

*When he had finished stuffing his sacks, he piled them near the entrance. He was impatient to load his mules and begin his return journey. But just then he realized he had forgotten the magic words to open the cave door. Try as he may, he couldn't remember them.*

*"Open! Open up! Move!... Oh, what were those magic words?"*

*Meanwhile, the forty thieves were riding swiftly back to their secret vault to deposit more stolen jewels. When the thieves arrived and saw the mules outside the cave, they suspected what was going on at once.*

*"What's this? By Allah! I think someone knows our secret!"*

*The leader of the band of thieves said the magic words. The great rock wall moved aside and the bandits rushed into the cave and quickly seized Hassan.*

*"Infernal thieving dog!" shouted the leader. "We'll give you what you deserve!"*

*"Whoever steals from a thief shall suffer a fate worse than death!" said another.*

*"Shut up!" barked the leader. "Bound and gag him! We'll take care of him later. Come on. We've got work to do. Unload those jewels!"*

Algunos de los bandidos ataron a Hassan y lo dejaron en un rincón, mientras el resto descargaba las joyas.

Al mismo tiempo que esto ocurría, la esposa de Hassan estaba muy preocupada al ver que su marido tardaba tanto en regresar a casa. Alí Babá intentó tranquilizarla.

—No temas. Seguramente esperará a que caiga la noche para regresar. Debe querer pasar desapercibido. Pero la noche cayó sin que Hassan hubiera vuelto a su casa.

Al día siguiente, al amanecer, Alí Babá decidió ir él mismo a buscar a su hermano.

Llegó a la pared que escondía la cueva secreta, pronunció las palabras mágicas y corrió hacia su interior. Hassan permanecía atado y amordazado donde los ladrones le habían dejado. Con gran rapidez cortó las cuerdas con su sable, liberando a su hermano, que le abrazó sin poder pronunciar palabra, y ambos volvieron a la ciudad lo más rápidamente posible sin pensar más en los tesoros de la cueva. Entre ellos se produjo un pacto:

—Hassan, prométeme que no volverás a entrar en esa cueva jamás.

—Te lo prometo, Alí Babá. Nunca volveré a ese oscuro agujero.

❦

*Some of the bandits tied up Hassan and left him in a corner while the rest unloaded the jewels.*

*Meanwhile, Hassan's wife was getting very worried about how long it was taking him to return. Ali Baba tried to reassure her.*

*"Don't worry," he said. "He is probably waiting until nightfall to enter the city unseen." But it soon got dark and there was still no sign of Hassan.*

*At dawn the next day, when Hassan had still failed to return, Ali Baba decided to set out in search of him.*

*He went back to the secret cave, said the magic words to open the great rock door and ran inside. Ali Baba found his brother bound and gagged just where the thieves had left him. He swiftly cut the rope with his sword and set his brother free. They embraced for a moment in silence. Then, they raced back to the city as fast as they could, without even thinking about the fabulous riches hidden in the magic cave. As soon as they were safe in the comfort of Hassan's home, they made a pact.*

*"Promise that you will never return to the cave again, Hassan."*

*"I promise, Ali Baba. I swear to you, I shall never go back to the secret cave."*

Al cabo de unos días, los ladrones volvieron a la cueva secreta.

—¡Maldición! ¡El prisionero se ha escapado! —dijo uno de los bandidos.

—¿Qué? ¡Sois un puñado de inútiles! ¡Os dije que lo atarais bien!

—Espere, jefe. Podrían haberle ayudado —observó un bandido inteligente.

—¿A qué te refieres? —preguntó el líder.

—Alguien que conoce nuestro secreto le ha podido liberar —dijo el bandido inteligente.

—Está bien. Enviaré un pequeño grupo a la ciudad para averiguar lo que ha pasado. Id de incógnito. Debo saber quién más conoce nuestro secreto...

Así, aquel mismo día algunos ladrones disfrazados se infiltraron en la ciudad para averiguar quién compartía con ellos el gran secreto. La mala fortuna hizo que uno de ellos viese a la mujer de Hassan luciendo una preciosa y rara joya procedente de los tesoros de la cueva.

El ladrón la siguió hasta su casa, y en la puerta marcó una señal que les permitiera reconocer el lugar. Tras esto, se reunió con sus compañeros y volvieron a la cueva para

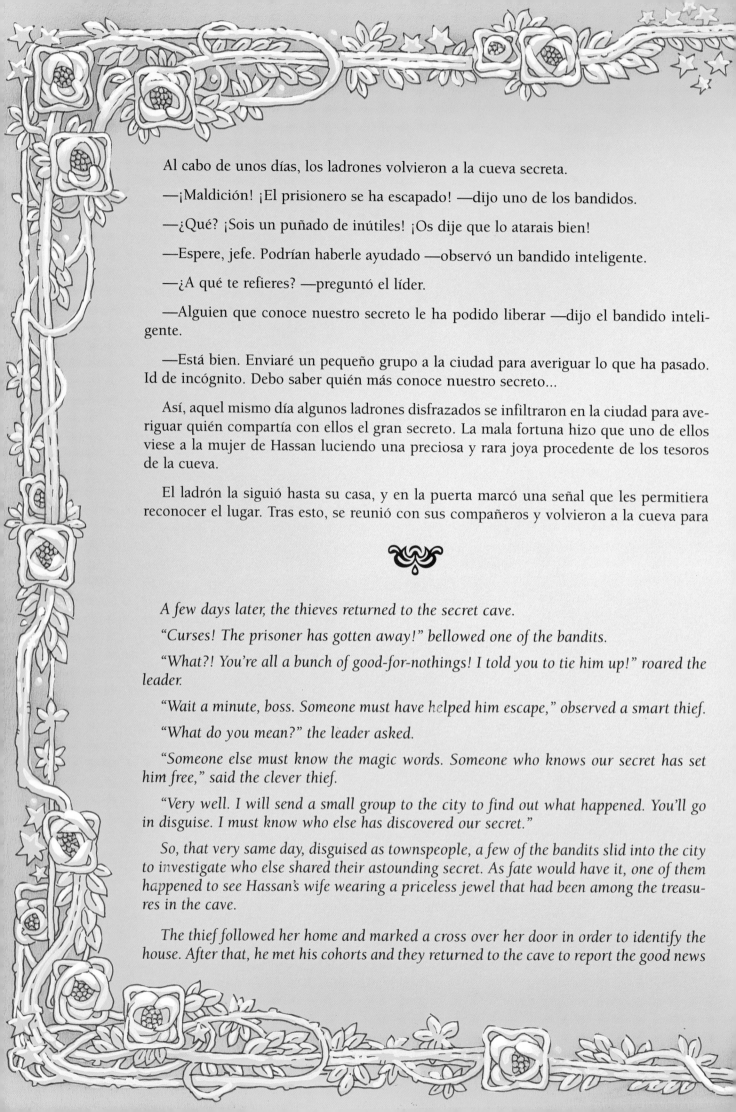

*A few days later, the thieves returned to the secret cave.*

*"Curses! The prisoner has gotten away!" bellowed one of the bandits.*

*"What?! You're all a bunch of good-for-nothings! I told you to tie him up!" roared the leader.*

*"Wait a minute, boss. Someone must have helped him escape," observed a smart thief.*

*"What do you mean?" the leader asked.*

*"Someone else must know the magic words. Someone who knows our secret has set him free," said the clever thief.*

*"Very well. I will send a small group to the city to find out what happened. You'll go in disguise. I must know who else has discovered our secret."*

*So, that very same day, disguised as townspeople, a few of the bandits slid into the city to investigate who else shared their astounding secret. As fate would have it, one of them happened to see Hassan's wife wearing a priceless jewel that had been among the treasures in the cave.*

*The thief followed her home and marked a cross over her door in order to identify the house. After that, he met his cohorts and they returned to the cave to report the good news*

—¡Bien pensado! —asintió el resto del grupo.

De este modo, el jefe y sus ladrones escondidos en las tinajas de aceite se paseaban por la ciudad, llamando de puerta en puerta. Y por fin llegaron a la puerta de la casa de Hassan.

Aunque Hassan y Alí Babá habían visto al jefe de los ladrones, no lo reconocieron disfrazado de mercader de aceite. Pero el jefe de los ladrones se dio cuenta enseguida de que era Hassan el que había abierto la puerta, y un brillo penetrante se encendió en su mirada de malvado.

—No quisiera molestaros, noble señor, pero busco un lugar donde descansar. Mis mulas y yo hemos viajado a lo ancho y largo. Me temo que no podemos continuar sin reposo.

—No faltaría más, es lo menos que puedo hacer, mercader. Puedes pasar la noche en mi casa. Haré que mis sirvientes nos preparen una buena cena y me sentiría muy honrado de que te sentaras a mi lado —ofreció buenamente Hassan.

Durante la cena, Nazerah, que ayudaba en la cocina, casualmente se percató de que se había terminado el aceite para las lámparas y pensó que podía tomar un poco de las tinajas del mercader. Al acercarse a una de ellas, oyó una voz que susurraba:

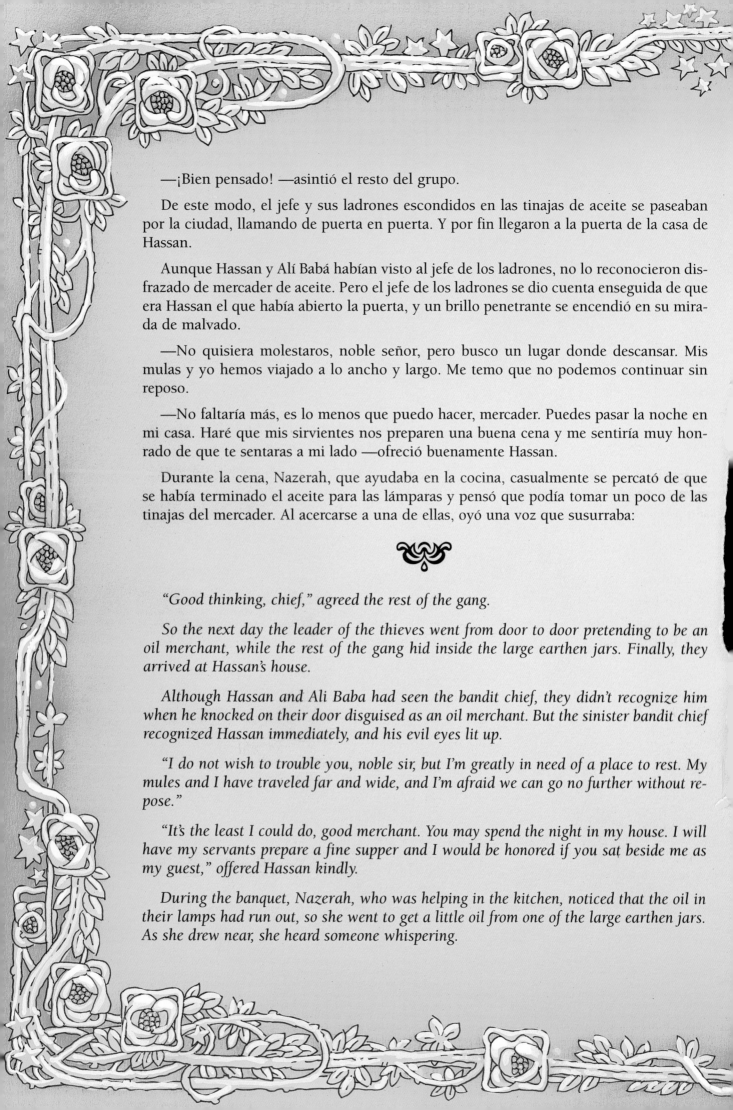

*"Good thinking, chief," agreed the rest of the gang.*

*So the next day the leader of the thieves went from door to door pretending to be an oil merchant, while the rest of the gang hid inside the large earthen jars. Finally, they arrived at Hassan's house.*

*Although Hassan and Ali Baba had seen the bandit chief, they didn't recognize him when he knocked on their door disguised as an oil merchant. But the sinister bandit chief recognized Hassan immediately, and his evil eyes lit up.*

*"I do not wish to trouble you, noble sir, but I'm greatly in need of a place to rest. My mules and I have traveled far and wide, and I'm afraid we can go no further without repose."*

*"It's the least I could do, good merchant. You may spend the night in my house. I will have my servants prepare a fine supper and I would be honored if you sat beside me as my guest," offered Hassan kindly.*

*During the banquet, Nazerah, who was helping in the kitchen, noticed that the oil in their lamps had run out, so she went to get a little oil from one of the large earthen jars. As she drew near, she heard someone whispering.*

dar las buenas noticias a su jefe. Sin embargo, una bella sirvienta de Hassan llamada Nazerah se dio cuenta de lo que había hecho el ladrón y avisó de lo sucedido a Alí Babá:

—Gracias, Nazerah. Creo que entre los dos podemos impedir la brutal venganza de estos malvados. Te diré lo que vamos a hacer: entre los dos pintaremos la misma señal en todas las puertas del barrio, así los confundiremos cuando vuelvan buscando la casa.

Y eso fue lo que sucedió. Cuando los ladrones llegaron por la noche y vieron tantas puertas señaladas, no supieron cuál era la casa de Hassan.

Volvieron a la cueva cabizbajos por el fracaso de su acción y el jefe les explicó un nuevo plan:

—Esta vez han logrado engañarnos, pero la próxima vez no tendrán tanta suerte. Escuchadme atentamente. Algunos de vosotros volveréis a ir a la ciudad y compraréis veinte mulas y cuarenta tinajas. Llenaréis una con aceite y os esconderéis en las otras treinta y nueve. Yo simularé ser un mercader ambulante e iré casa por casa vendiendo el aceite. Cuando encuentre la casa del hombre que se ha estado burlando de nosotros, le pediré alojamiento; luego, cuando todos estén durmiendo —dijo el líder con una cruel sonrisa—, nos vengaremos.

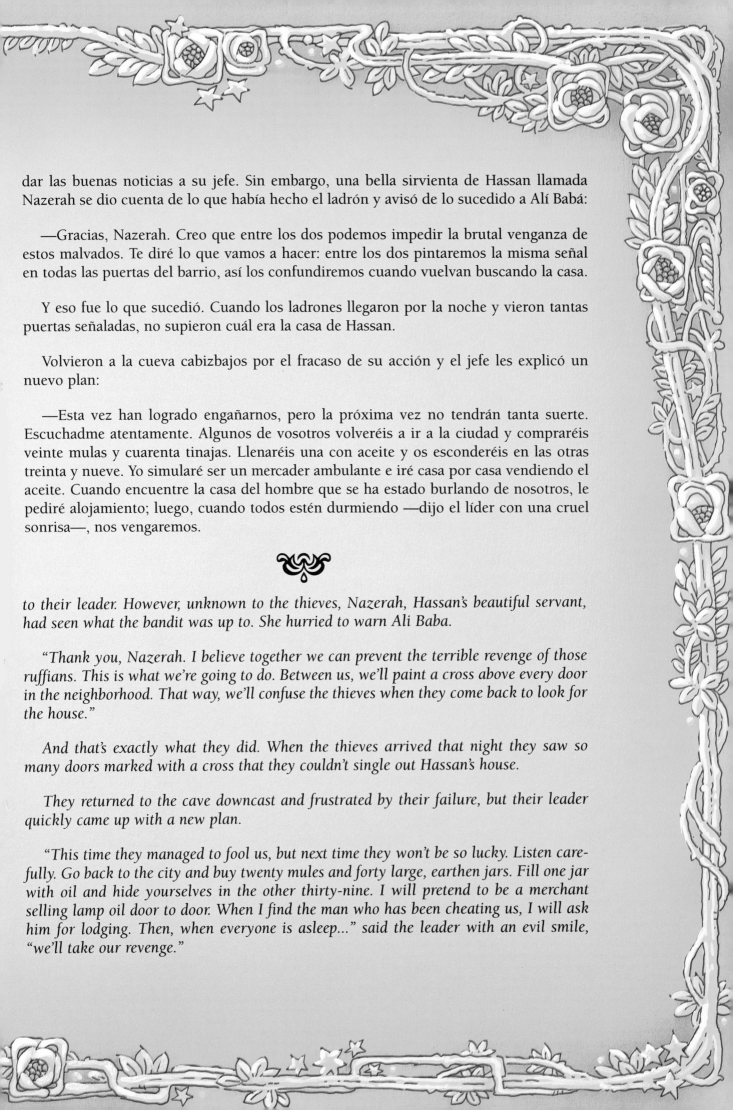

*to their leader. However, unknown to the thieves, Nazerah, Hassan's beautiful servant, had seen what the bandit was up to. She hurried to warn Ali Baba.*

*"Thank you, Nazerah. I believe together we can prevent the terrible revenge of those ruffians. This is what we're going to do. Between us, we'll paint a cross above every door in the neighborhood. That way, we'll confuse the thieves when they come back to look for the house."*

*And that's exactly what they did. When the thieves arrived that night they saw so many doors marked with a cross that they couldn't single out Hassan's house.*

*They returned to the cave downcast and frustrated by their failure, but their leader quickly came up with a new plan.*

*"This time they managed to fool us, but next time they won't be so lucky. Listen carefully. Go back to the city and buy twenty mules and forty large, earthen jars. Fill one jar with oil and hide yourselves in the other thirty-nine. I will pretend to be a merchant selling lamp oil door to door. When I find the man who has been cheating us, I will ask him for lodging. Then, when everyone is asleep..." said the leader with an evil smile, "we'll take our revenge."*